LE RETOUR D'APOLLON,

POËME SATIRIQUE.

Cet ouvrage se trouve aussi

Chez JANET, libraire, rue Saint-Jacques, n° 59;
MARTINET, libraire, rue du Coq-Saint-Honoré, n° 15;
DELAUNAY, libraire, galerie de bois, au Palais-Royal;
LA TOUR, libraire, cour du Palais-Royal;
BRUNOT-LABBE, libraire, quai des Augustins, n° 33;

On trouve également aux adresses ci-dessus la troisieme édition du Nouvel Art Poétique, poëme en un chant du même auteur.

DE L'IMPRIMERIE DE P. DIDOT L'AÎNÉ.

LE RETOUR

D'APOLLON,

POËME SATIRIQUE.

PAR M. VIOLLET LEDUC.

A PARIS,

CHEZ JANET ET COTELLE, LIBRAIRES,

RUE NEUVE-DES-PETITS-CHAMPS, n° 17.

1812.

LE
RETOUR D'APOLLON,
POËME SATIRIQUE.

Les sommets du Parnasse étoient froids et déserts;
Sur ses bords négligés, de limon recouverts,
L'hippocrene rouloit une onde impure et noire :
Les palmes, les lauriers des filles de Mémoire,
De travaux immortels nobles et dignes prix,
Abandonnés, mouroient desséchés et flétris.
Le vent seul s'entendoit en ces tristes contrées,
Que les Muses jadis, d'Apollon inspirées,
Avoient fait retentir de leurs brillantes voix;
Et Pégase, sans frein, parcouroit seul les bois

Où ces Nymphes jadis, célébrant leurs mysteres,
Formoient des chœurs divins et des danses légeres.

L'éclatant Apollon, qui des profondes mers
S'élançant chaque jour dans le vague des airs,
Marque à travers les cieux sa lumineuse trace;
Apollon avoit fui les hauteurs du Parnasse.
Sourds à ses doux accords, les indignes mortels
Ne faisoient plus fumer l'encens sur ses autels:
Lui, laissant aux humains leurs tristes destinées,
Dans l'Olympe avoit vu s'écouler vingt années:
Temps pour les Dieux moins long que l'espace qui fuit
Entre un jour qui commence et le jour qui le suit.

Cependant cette voix qui jamais ne se lasse
Qui parcourt l'univers, le remplit, le dépasse,
Etoit enfin montée aux célestes parvis,
Où, dans un doux transport, les Immortels ravis
Au sein des plaisirs purs que ce lieu leur inspire,
Ecoutoient Apollon célébrant sur sa lyre

Et leurs cruels combats et leurs tendres amours.

Le Dieu qui des saisons regle et maintient le cours,
Interrompant ses chants, sait par la Renommée
Que cette nation qu'il avoit tant aimée,
La France, après vingt ans échappée au malheur,
Venoit de recouvrer son antique splendeur.
Alors, plein de l'espoir de respirer encore
L'encens long-temps chéri d'un peuple qui l'adore,
Aussi prompt que les traits qui partent de sa main,
Le Dieu fait dans l'espace un immense chemin,
Et bientôt il parvient aux sources du Permesse.

Mais ces lieux n'ont plus rien qu'Apollon reconnoisse;
Ces lieux jadis si beaux n'offrent à ses regards
Qu'un inculte désert où s'élevoient épars
Ces palmiers immortels dont l'ombre hospitaliere
Cacha les premiers jours du Dieu de la lumiere,
Lorsque, fuyant Python, au sein mouvant des flots
La fille de Ceüs alloit chercher Delos.

Au désolant aspect de ce mont solitaire,
Des secrets d'Apollon sacré dépositaire,
L'œil du Dieu s'enflamma d'un courroux mérité.
Ses odorants cheveux, sur son front irrité,
S'agiterent soudain; et, sous sa main tremblante,
De son noble courroux interprete éloquente,
Sa lyre interrompit par de puissants accords,
Le silence honteux qui régnoit sur ces bords.
Pégase l'entendit, et, prompt à le connoître,
Par un hennissement répondit à son maître.

Portés par les échos, les accords d'Apollon
Sont bientôt parvenus du haut de l'Hélicon
A ces lieux qu'habitoient les Muses désolées.
Elles avoient quitté les cimes étoilées,
Où la voix sans vigueur des mortels abattus,
Déja depuis long-temps ne leur parvenoit plus;
Mais, dociles encore à cette main divine
Qui leur donnoit des lois sur la double Colline,
Rougissant d'avoir pu les oublier jamais,

Les Muses, à pas lents, regagnent les sommets
D'où Pégase autrefois fit jaillir l'hippocrene.

Alors on vit venir l'altiere Melpomene:
Son bras étoit armé d'un poignard assassin,
Et des complots obscurs se formoient en son sein;
Ses cheveux recouvroient dans un désordre extrême
Son front sans dignité privé du diadême;
Et son corps fatigué, dépourvu de chaleur,
Succomboit sous le poids d'ornements sans valeur.

Calliope avançoit; muette et sans noblesse,
Ses yeux n'exprimoient plus qu'une morne tristesse:
Le clairon qui jadis célébroit les héros
Près d'elle languissoit dans un honteux repos.

Derriere elle en tremblant se présentoit Thalie;
Dans ses yeux abattus par la mélancolie,
En vain elle essayoit un sourire affecté,
La trace de ses pleurs démentoit sa gaité.

Sur ses cheveux par l'art noués avec adresse
Le lierre de Bacchus n'ornoit plus chaque tresse.

Erato la suivoit en tenant par la main
Un Faune jeune encore, au regard libertin;
On le nommoit l'Amour. Du fils de Cythérée
L'impudique Erato n'étoit plus inspirée.

Comme en un jour d'été, surprise dans les eaux,
Une Nymphe rougit et cherche sous les flots
Un voile à ses attraits; de même Terpsichore
Cache son front défait que la crainte colore.
Ce n'est plus de pudeur qu'elle pouvoit rougir.

Portant au fond du cœur un tardif repentir,
Euterpe, Polymnie, approchoient de leur frere:
Telles que des enfants qui d'un maitre sévere
Ont enfreint les leçons, craintives et sans voix,
Elles venoient du Dieu subir les justes lois.

Plus sage que ses sœurs, la savante Uranie,
Seule de ces sommets ne s'étant point bannie,
Conservoit d'Apollon les secrets précieux.
D'un compas d'or armée, elle indiquoit des cieux,
Sur un globe d'azur, les brillantes merveilles.

Clio, triste, épuisée après de longues veilles,
D'un pas lent et réglé suivoit de loin ses sœurs;
Et, partageant leurs maux, excusoit leurs erreurs.

Dans l'indignation qui trouble sa pensée,
Le Dieu, jaloux du soin de sa gloire offensée:

Filles de Jupiter! est-ce vous que je vois?
Est-ce vous, Calliope à l'éclatante voix?
Sous ces vains ornements qu'elle supporte à peine,
Sans sceptre, sans couronne, est-ce là Melpomene?
Qu'aperçois-je? Thalie a répandu des pleurs!
Un songe m'a trompé, je ne vois point mes sœurs.
Mais vous, Clio, parlez, vous qui dans la mémoire

Conservez les hauts faits, les crimes de l'histoire :
Dites : quel changement s'est donc fait en ces lieux ?
Est-ce une illusion qui fascine mes yeux,
Ou des Muses plutôt n'est-ce point un délire ?
Ont-elles oublié les lois de mon empire,
Et l'autel de mon pere est-il abandonné ?

Clio vint ; de lauriers son front est couronné ;
L'auguste Vérité, par elle dévoilée,
Dans ses nobles récits n'est jamais violée.

O toi qui dans les airs sur un char lumineux
Donnes des lois au monde éclairé de tes feux,
Dit-elle, ignores-tu ce qu'a souffert la France ?
Son encens obtenoit ta juste préférence
Sur celui que t'offroient mille peuples nouveaux.
De ses chantres jadis dirigeant les travaux,
Souvent même ta voix prit soin de les instruire.
Mars, Eris, ont troublé ce florissant empire :
Il sortit triomphant du sein de ses débris,

Mais nos lauriers sacrés en sont restés flétris.
Ses chantres, oubliant tes leçons immortelles,
Devinrent, sous nos yeux, à tes lois infideles;
Ils ne purent, privés de ton puissant secours,
Du Parnasse escarpé connoître les détours;
Et mes sœurs, de si haut n'étant plus entendues,
Vers ces foibles mortels sont alors descendues.

Quand tu quittas le Pinde, il n'y parvenoit plus
Que des œuvres sans art d'écrivains inconnus.
Leur chef, qu'on vit souvent au sommet du Parnasse,
Voltaire, n'étoit plus: et sur sa noble trace,
Ses éleves par toi n'étant point éclairés,
Séduits par ses erreurs, se sont tous égarés.

Mais les dissentions, la révolte, la guerre,
Tous les maux ont depuis épouvanté la terre.
On vit alors s'éteindre en tous les jeunes cœurs
L'auguste poésie et ses feux créateurs:
L'ignorance a régné sur la France étonnée!

Les langues d'Inachus et des enfants d'Enée
S'oublierent bientôt; on négligea tes lois,
On les méprisa même; et les fils des Gaulois,
Revenus aujourd'hui de cette longue ivresse,
Ignorent ces beautés que jadis ta sagesse
Dévoila tant de fois aux Grecs comme aux Romains.

Loin de rester muets, on vit des écrivains
Allumer des flambeaux dans ces nuits d'ignorance,
Comme pour éclairer leur honteuse impuissance.
Ils ont osé, sans doute espérant à jamais
En ta place régner sur les doubles sommets,
Pour lois donner les fruits de leur esprit bizarre.
Pareils à ce Romain, à ce tyran barbare
Qui faisoit remplacer par son masque odieux
Chaque tête de marbre abattue à ses Dieux.

Les hommes, dégagés de ta douce contrainte,
A leurs déréglements se livrerent sans crainte;
Ils devinrent cruels; et pour les émouvoir,

Melpomene dès-lors fut même sans pouvoir.
Voulant toucher leur ame au crime abandonnée,
Elle inonda de sang la scene consternée;
Son style, autrefois pur, sévere, harmonieux,
Devint lâche, ampoulé, froid, et sentencieux;
Et toujours l'action, avec peine expliquée,
De mille événements se trouva compliquée.

Thalie en même temps vit ternir sa gaîté:
Les peuples corrompus, dans leur impunité
Bravoient, le front levé, les coups de sa férule;
Et, devenu plus rare, on vit le ridicule
Par le vice hideux tristement remplacé.
Le drame vint alors; et son style forcé,
Et ses faux sentiments, et ses trompeuses larmes,
Pour des cœurs énervés eurent encor des charmes.

Qui pourroit te décrire à quel déréglement
L'esprit humain se porte en son aveuglement?
A quels excès honteux d'orgueil ou de démence

En de malheureux jours, peut mener l'ignorance?
L'imagination, comme un fleuve fécond
Tant qu'il est dans son lit spacieux et profond,
Mais qui, s'il franchissoit ses trop foibles rivages,
Dans les champs d'alentour étendroit ses ravages;
L'imagination livrée à ses ardeurs
A par d'affreux écarts signalé ses erreurs.

L'austere vérité, dédaignant son partage,
Du séduisant mensonge a parlé le langage;
Et l'art brillant des vers de nos jours a prêté
L'éclat de ses couleurs à la réalité.
Des nobles fictions on n'a plus la mémoire:
Enfin on a voulu.... Mais pourras-tu le croire,
Toi qui chantes tes vers à la table des Dieux?
Nous exiler du Pinde, et te chasser des cieux!
Un mortel dont nos mains ont guidé la foiblesse,
Qui de ton miel divin a nourri sa jeunesse,
S'est fait le plus ardent de nos persécuteurs.
Armés de tes leçons et de tes traits vengeurs,

Il a voulu sur toi diriger leur atteinte;
L'ingrat! de ton langage il s'est servi sans crainte
En faveur, contre toi, d'un Dieu de vérité,
Qui d'un vain parallele a droit d'être irrité,
Qui nous anéantit sous sa vaste puissance,
Et dont l'esprit humain ignore la substance;
Comme si réclamant de si foibles secours,
Ce Dieu nous demandoit compte de nos discours;
Comme si dans les cieux notre empire illusoire
De ce Dieu tout-puissant compromettoit la gloire.
Mais ce transfuge, en vain désertant nos autels,
Porte ailleurs son encens et ses vœux criminels:
Pareils à ces enfants d'un amour adultere
Dont le front, délateur du secret de leur pere,
A révélé le nom du coupable surpris:
A des yeux exercés, de même ses écrits
Par leur mélange impie offrent à chaque page
Les traits qu'il t'a ravis, et leur funeste usage.

Tu m'interroges? toi qui prédis l'avenir!

Je puis me taire, mais je ne saurois mentir.
Quoiqu'il m'en coûte, apprends les erreurs ou les crimes
Dont nos chers nourrissons devinrent les victimes.
Un grand poëte, ainsi l'ordonna le destin,
Souvent brûlé des feux de ton flambeau divin,
Notre éleve, le tien, et digne d'un tel maître,
Nous a causé les maux les plus cruels peut-être.
Pour ses pinceaux flatteurs il n'est plus rien d'affreux;
Le sujet le plus froid devient le plus heureux,
Les plus âpres rochers, les champs les plus stériles
Deviennent sous ses mains et fleuris et fertiles.
Tout ce qui peut charmer, séduire, est dans ses vers;
Pour plaire il réunit mille moyens divers,
Esprit, graces, savoir, talent, tout le seconde;
Pour lui tout est fécond, tout produit, tout abonde:
De l'objet le plus pauvre il sait faire un trésor,
Et l'objet le plus riche il l'enrichit encor.
Une idée en ses mains avec art ménagée
Est une source pure en naissant ombragée,
Et qui croissant bientôt fleuve majestueux,

En des champs fortunés roule ses flots nombreux.
Mais il sut le premier, et sans ton assistance,
Sous le charme des vers déguiser la science.
C'est lui qui, protégeant la médiocrité,
Fut créateur d'un genre, hélas! trop imité.
Ses talents séducteurs, ses charmes infideles,
Bientôt à la jeunesse ont servi de modeles;
Et ses vices brillants, de graces revêtus,
Pour des esprits sans force ont été des vertus.
On n'eut point son génie, on chercha sa maniere:
Chacun à son esprit donna libre carriere.
Chacun se crut poëte; et dans tout l'univers,
Ne vit que des sujets propres à mettre en vers;
Et soignant tous les mots, négligeant la pensée,
Sut arrondir sa phrase avec art cadencée.
Tous les élans du cœur se virent arrêtés.
De sciences et d'art on rima des traités:
Telle fut des auteurs enfin la frénésie,
Qu'ils ont fait mépriser l'auguste poésie,
En parant leurs écrits des charmes de sa voix.

Oui, de la poésie et de ses douces lois
Ils ornent la science; et la trompeuse idole
Nous traîne avec l'ennui sur les bancs de l'école.

Suivant de l'art des vers le déplorable état,
Notre gloire dès-lors perdit tout son éclat;
Dès-lors on ne vit plus l'illusion brillante
Colorer les récits d'une Muse savante;
Il fallut être exact; proscrite du discours
L'heureuse fiction s'éloigna pour toujours;
Le travail à grands frais surpassa la matiere;
On broda richement une étoffe grossiere
Où l'on voit rattachés par un pénible soin
Quelques lambeaux de pourpre épars de loin en loin.

Ainsi dégénéra la poésie en France.
Quelques uns de tes fils livrés à leur licence,
Riches d'invention, mais pauvres de talent,
Sont poëtes en prose. En mots seuls opulent,
Un autre fait passer dans sa phrase choisie

Leur prose poétique en vers sans poésie.
Refusant à l'esprit le temps de se mûrir,
Tous furent à l'envi trop pressés de jouir:
Ce ne fut plus assez de mériter la gloire,
On voulut l'arracher aux filles de Mémoire.
L'ardente soif de l'or méla ses feux obscurs
A la vive lueur de tes feux les plus purs.
Des hommes à talent, riches de tes largesses,
Ont, afin d'acquérir de moins nobles richesses,
Sacrifié tes dons aux autels de Plutus.
Heureux si quelque jour par toi seul parvenus
Nous ne les voyons pas, couronnant leur parjure,
Prodiguer à tes sœurs les poisons de l'injure!

Ce fut en imitant ces modeles trompeurs
Que s'est enfin perdue, en proie à mille erreurs,
Une oisive jeunesse, ignorante et futile,
Née au milieu des feux de la guerre civile,
De bon goût dépourvue, étrangere à tes lois,
Approuvant ou blâmant sans étude et sans choix.

Aussi, malgré l'espoir dont leur orgueil se flatte,
Ils s'épuisent sans fruit sur une terre ingrate;
Cependant le temps passe en inutiles jours,
Leurs talents imparfaits ne sont d'aucun secours;
Pour se livrer entiers à leur vaine imposture,
Ils ont fui les travaux de Cérès, de Mercure;
Le besoin les poursuit; de leur art dégoûtés,
Ils perdent tout espoir: confus, désenchantés,
L'ennui reste vainqueur de leurs foibles courages,
Ils survivent long-temps à leurs propres ouvrages;
Jeunes sans passions et vieillards sans vertus
Ils succombent enfin par le temps abattus,
Sans que de l'avenir l'éternelle pensée
Les console en mourant de leur vie insensée.

Je t'ai fait le tableau de nos calamités.
Les auteurs n'étant plus dignes d'être écoutés,
N'eurent plus d'auditeurs; ils négligeoient de plaire,
Ils ne touchoient jamais; et l'on devint sévere;
La critique fleurit. Chacun crut sans pitié

Pouvoir juger des vers qui l'avoient ennuyé :
Ainsi périt ta gloire ; et la gloire des armes,
Pour tous les cœurs français, seule eut encor des charmes.
C'est ainsi qu'ont cessé des chants aimés des Dieux ;
Leurs auteurs sont en proie aux cris injurieux
D'un peuple qui n'est plus sous ta douce influence.

Cependant les beaux arts semblent renaître en France ;
Elle revient enfin se ranger sous tes lois ;
Un guerrier, un héros lui rend tout à-la-fois :
Sous sa puissante main les palmes reverdissent,
Tous les genres de gloire à-la-fois refleurissent.
Sans doute que bientôt.... Je me tais ! l'avenir,
Qui se cache à mes yeux, devant toi va s'ouvrir.

Elle dit : et ses sœurs par un foible murmure,
Paroissent applaudir à sa vive peinture.
Apollon, attentif à ce triste récit,
Plaint les maux de ses sœurs, son courroux s'adoucit,
Le sourire paroît sur ses levres sacrées,

Il parle: autour de lui, des Muses rassurées
La troupe l'environne, attentive à sa voix.
Sur leurs sommets glacés, tels on vit autrefois
Les arbres de l'Hémus s'incliner en silence
Vers l'amant d'Eurydice exhalant sa souffrance.

Ton discours, ô Clio, m'afflige; plût aux Dieux
Qu'inspirant tes récits le mensonge odieux
Pour la premiere fois fût sorti de ta bouche!
Des barbares, dis-tu, pleins d'une humeur farouche
Ont osé prodiguer l'injure et le mépris
Aux nourrissons du Pinde, à mes chers favoris!
Leur tranquille bonheur ne doit rien à personne:
De stériles lauriers quand ma main les couronne,
Quand ma voix les conduit à la postérité,
Du prix de leurs travaux ils l'ont bien acheté.
On croit par des mépris rabaisser leur mémoire:
Ah! quand on leur refuse une si juste gloire,
C'est qu'il est plus aisé de la leur disputer,
Ou bien de l'avilir, que de la mériter.

Eux seuls par leurs talents immortalisent l'homme :
Par eux, l'histoire peint les mortels qu'on renomme;
L'éloquence applaudit à leurs nobles travaux;
La poésie enfin consacre les héros.
Ainsi tout se rattache à leur destin sublime!
Sans leurs pinceaux tout meurt, par eux tout se ranime,
Tout cede sans effort à leur pouvoir divin,
Et jamais le mépris ne les atteint en vain.
S'ils couvrent leurs amis de palmes immortelles,
Leurs mains savent ouvrir des blessures cruelles;
En vain sans leur secours voudroit-on parvenir
Aux profondeurs sans fond d'un obscur avenir :
Des siecles destructeurs pour braver la vitesse,
Non, ce n'est point assez de vaincre la mollesse,
De chercher les périls, de s'offrir sans effort
Aux coups de la douleur, aux horreurs de la mort;
De se couvrir de fer, de s'armer de l'épée,
Et de voir sans effroi sa main de sang trempée :
Non, il ne suffit pas pour un si beau destin
D'environner son cœur d'un triple mur d'airain,

Non, non, il faut encore, il faut aimer les Muses!
Tu le sais, ô Clio! toi-même tu refuses
De garder une place entre les nobles rangs
Des héros que j'adopte, à ces vains conquérants,
Ces Vandales, ces Huns dont la gloire inconnue
Aux siecles effrayés à peine est parvenue.

C'est l'émulation, c'est le noble desir
D'être un jour approuvé des siecles à venir;
De la gloire d'autrui c'est la vive peinture
Qui d'un cœur généreux enflamme la nature.
Ce qui seul d'Alexandre excitoit la valeur,
Le bonheur le plus grand qu'envioit son grand cœur,
Ce n'étoit point la force ou la vertu d'Achille,
C'étoient les vers d'Homere, et la lumiere utile
Qu'ils auroient su prêter à ses fameux exploits!
Tel est le noble orgueil des héros et des rois:
La main qui combattit et sut vaincre Pompée
Tenoit également et la plume et l'épée:
Auguste aimoit les vers et cultivoit les arts;

L'austere Scipion, le favori de Mars,
Aidoit de ses conseils le doux et pur Térence
Des Muses favori. Respectable alliance
Qui d'un double laurier a couronné leurs fronts.
D'Aristote Alexandre observant les leçons,
Rempli des chants d'Homere, en orna sa mémoire,
Et ce furent pour lui les leçons de la gloire,

Et les guerriers français, sourds à vos nobles chants,
Pourroient seuls résister à vos accords touchants?
Inspirez de beaux vers, vous reverrez la France
Vous rendre avec transport votre ancienne puissance.
Et qui peut s'étonner si vos voix sans chaleur
Perdent chez les mortels leur ancienne faveur?
Qu'avez-vous fait pour plaire, attacher, et séduire?
Renonçant à vos droits, vous espériez instruire;
Et votre faux savoir à tous indifférent,
Au savant inutile, ennuya l'ignorant.
Vous avez pour les yeux peint de vaines images
D'objets inanimés ou de froids paysages,

Oubliant l'homme seul dans les tristes tableaux
Que pour instruire l'homme ont tracés vos pinceaux;
Et par ces vils essais dont ma gloire est ternie,
Des lâches détracteurs des œuvres du génie
Vous avez motivé la joie et les transports.
En des jours de désastre où vos plus grands efforts
Devoient se réunir pour consoler la terre
Des fureurs des partis et des maux de la guerre;
Dans un siecle nouveau, fort, et régénéré,
O Muses! vous laissez votre culte sacré
A des hommes vieillis dans un temps de foiblesse!
Choisissez des esprits pleins de feu, de jeunesse,
Indépendants et fiers, propres à se frayer
Vers nos divins autels plus d'un nouveau sentier:
Mais guidez leur raison de nos lois éclairée.
Si l'essor du génie est le pouvoir qui crée,
Il a souvent produit, en proie à ses écarts,
Des maux qui font ma honte et l'opprobre des arts.
Vous avez pu souffrir sans rougir de colere
Les lois que vous dictoit un poëte vulgaire;

Et vos mains n'ont pas su, pour venger votre affront,
D'un sceau réprobateur déshonorer son front?
Et sa honteuse audace, à jamais méprisée,
N'est pas de ses rivaux l'éternelle risée?
Et quels ont donc été vos soins et vos travaux?
Ah! quittez l'Hippocrène, ou refusez ses eaux
A ces froids écrivains, ces novateurs timides,
En aveugles marchant sans soutiens et sans guides;
A ces esprits sans frein tout prêts à rejeter
Des lois que leur foiblesse a peine à supporter.
Fermez encor, fermez mon sacré sanctuaire
A tous profanes yeux, à l'ignorant vulgaire
Dont le goût dépravé, dont les esprits obscurs
Ne sauroient s'éclairer de mes feux les plus purs;
Et qui, jaloux des dons que le ciel lui dénie,
N'a pas droit de jouir des trésors du génie.
Mais retenez sur-tout loin de vos bords fleuris
Ces versificateurs d'insipides écrits,
Qui, mettant la science en rime cadencée,
De ses illusions dépouillent la pensée.

En des jours reculés, la science, les lois,
Pour parvenir au peuple emprunterent ma voix :
Il le falloit alors; et l'on vit les poëtes,
Des arts en leur enfance éloquents interpretes,
A cet utile emploi consacrant leurs écrits,
Par le secours des vers instruire les esprits.
Mais ces lois, mais ces arts dont l'obscure naissance
Se cachoit dans la nuit d'une longue ignorance,
Au poëte amoureux de brillantes erreurs
Savoient encor prêter quelques vives couleurs :
De ces auteurs heureux la plume favorable,
Même à la vérité, donnoit l'air de la fable.
Maintenant, quel mortel, bravant la vérité,
Oseroit en parer l'austere nudité ?
C'est à tort que voulant voiler la sécheresse,
On a de l'art des vers emprunté la richesse;
En vain la couvre-t-on de faux ajustements,
Sa gravité s'oppose à de tels ornements.

Et que leur apprend donc cette vaine science,

A ces hommes si fiers? Ce globe vaste, immense,
Et la terre et la mer qu'à leurs yeux l'horizon
Borne de toutes parts; qu'est-ce, qu'une prison,
Qu'un lieu désenchanté, qu'un exil homicide
Qu'incessamment la mort parcourt d'un vol rapide?
Plus heureux mille fois l'homme chéri des Dieux,
Qu'une erreur consolante accompagne en tous lieux,
Qui dans la solitude, au milieu du silence,
Rappelle les objets dont il pleuroit l'absence;
Qui prête sa pensée à tout dans l'univers,
Qui le peuple à son gré de mille êtres divers,
Qui dans les bois, les eaux, dans les cieux qu'il implore,
Rêve des habitants que le vulgaire ignore!

Mais, loin de respecter nos mysteres sacrés,
Par un savoir impie enhardis, égarés,
Des ingrats ont, brisant mon char dans la carriere,
Déshérité leur Dieu des champs de la lumiere!
Ah! ce peuple fameux dont le grand souvenir
Devroit servir d'exemple aux peuples à venir,

Les Grecs suivoient mes lois! De leur temps, la science
Etoit peu répandue : une heureuse croyance
Portoit aux sens charmés la douce illusion.
Voulant éterniser toute belle action,
Tout noble sentiment, toute opinion sage,
Le poëte y prêtoit son auguste langage;
Tout le ſavorisoit; l'aspect de ces beaux lieux,
Et sa langue élégante, et l'amour de ses Dieux.
La mer lui découvroit sous ses voiles humides
Neptune et les Tritons, Thétis, les Néréides:
La terre lui montroit Pan, le Dieu des vergers;
Dans l'air, c'étoit Eole et les Zéphyrs légers;
Et du moins quand ces Dieux cessoient d'être propices,
On croyoit les fléchir par de purs sacrifices.

Voyez Homere. Il chante; il peint tout l'univers;
Il assiste avec nous à nos divins concerts:
Le charme de vos voix et le son de ma lyre
Ont redoublé les feux de son brûlant délire;
Ivre de nos beautés, maître de nos secrets,

Il peignit tous les Dieux dans ses brillants portraits.
Eh! qui ne reconnoit Vénus à la peinture
De son tendre cortége, et de cette ceinture
D'où s'échappent l'Amour, le charme des desirs,
Et les doux entretiens, et les tendres soupirs?
Qui ne reconnoitroit Pallas à cette égide
Où l'on voit suspendus et le Trépas avide
Et la Discorde au sein de carnage altéré,
Et la Gorgone au front de serpents entouré?
Quels Dieux sont plus puissants pour gouverner le monde,
Que Jupiter aux cieux, Neptune au fond de l'onde?
L'un possede un trident pour soulever les mers,
L'autre d'un seul regard ébranle l'univers!
Comment peint-il Ajax, Achille, et Diomede,
Les plus vaillants guerriers que la Grece possede?
Diomede accablé fuit devant les Troyens;
Ajax soutient leurs coups; Achille, loin des siens,
Seul accourt, et se montre; il s'écrie! et l'armée,
Qui déja triomphoit, fuit vers Troie alarmée!

Et c'est ainsi qu'Homere a peint tous ses héros
Et les Dieux immortels dans ses divins tableaux.
Négligeant leurs portraits, s'il les a fait connoitre,
C'est par leurs actions que le sujet fait naitre:
Son vers, en dédaignant d'inutiles secours,
S'élance tout-à-coup au-dessus du discours,
Comme ces monuments qui, du sein d'une ville
Elevant dans les airs leur sommet immobile,
Fixent de loin les yeux du voyageur surpris.

Ce sont, ô chastes Sœurs, de semblables écrits
Qu'il vous faut inspirer. Et si toujours rebelles,
Les poëtes bravoient vos leçons immortelles,
Contre leur vain mépris, il le faut, armez-vous,
Et faites-leur sentir le poids de mon courroux.
Resaisissez enfin les rênes de l'empire,
Dirigez de vos mains les traits de la satire,
Point de pitié, frappez: anathême sur-tout
A ces législateurs des lois du mauvais goût,
A ces propagateurs de nouvelles maximes.

Si dans le haut Olympe, ignorant de tels crimes,
Je célebre les Dieux, on m'a vu d'autres fois
Apprendre à Midas même à respecter mes lois.

Mais, non, Filles du ciel; les mortels plus dociles
Redemandent déja vos préceptes utiles.
Il est pour nous, mes sœurs, des siecles malheureux:
Jaloux de nos progrès, un destin rigoureux
A des jours de splendeur met des bornes prescrites;
Le génie a son temps, la gloire a ses limites;
Le goût brille et s'éteint après quelques beaux jours,
Et ce qui le forma le corrompit toujours.
L'oisiveté, le luxe, en lui donnant naissance,
L'abandonnent en proie à toute sa licence
Jusqu'au temps plus heureux où, d'erreurs dégagés,
Les esprits affranchis des nouveaux préjugés,
Reprennent à l'envi les routes effacées
Que les anciens auteurs avoient jadis tracées.

Chez un peuple énervé par de nombreux loisirs,

Par une longue paix, par d'éternels plaisirs,
Ignorant le malheur, et passant des journées
Toujours également tranquilles, fortunées,
Que fera le poëte? il décrira des mœurs
Foibles et sans éclat, fausses et sans couleurs:
Sa phrase, avec effort longuement épurée,
Sera, malgré tant d'art, froide et maniérée;
Ses sujets n'offriront sous de faux ornements,
Ni fortes passions ni nobles sentiments:
C'est le foible portrait d'un plus foible modele.
Les lettres sont des mœurs l'expression fidele.
Et si j'en crois ces bruits à l'Olympe montés,
Et que la renommée a naguere apportés,
A ce faux sentiment, noire et sombre folie,
Qu'on a couvert du nom de la mélancolie,
Et qui, dans les écrits de ce temps corrompu,
Révele des auteurs sans force et sans vertu,
Ne reconnoît-on pas des ames épuisées
Se livrant sans réserve à leurs vagues pensées;
Des hommes dégoûtés de la société,

Revenus des plaisirs, voyant la vanité
Des folles passions qui tourmentoient leur vie,
A qui l'illusion, l'espérance est ravie,
Et qui du faux éclat d'un savoir imposteur,
Veulent en vain remplir le vuide de leur cœur?

Plus un peuple est poli, moins il est poétique,
Plus ses mœurs ont perdu de leur franchise antique.
C'est parmi des mortels et simples et sans fard
Que des modeles sûrs se présentent à l'art.
C'est quand sur un tombeau coupant sa chevelure,
Un fils vient de son pere orner la sépulture;
C'est quand, ayant perdu l'enfant qu'elle a nourri,
Une mere à grands coups frappe son sein flétri;
C'est quand les chefs du peuple, employant la priere,
Posant humiliés leurs fronts sur la poussiere,
Dans un malheur public n'ont plus recours qu'aux Dieux;
C'est au temps où chaque homme en retrouvant les lieux
Qui l'ont jadis vu naître et passer son jeune âge,
A genoux sur la terre après un long voyage,

Baise le sol chéri qu'il ne veut plus quitter ;
C'est quand chaque repas s'ouvroit, pour mériter
De la faveur des Dieux un regard tutélaire,
Par des libations qu'on versoit sur la terre ;
C'est dans ces temps heureux que mon laurier fleurit :
En des jours corrompus, il meurt ou se flétrit.

Pourtant nous ressentons la secousse profonde
Des révolutions qui, tourmentant le monde,
Renouvellent les mœurs et les peuples vieillis.
Nos droits furent souvent par elles rétablis.
Le calme mieux goûté qui succede aux tempêtes
Fut célébré souvent par le chant des poëtes.
Comme on voit Philomele échappée aux Autans,
Après le noir hiver célébrer le printemps,
Le poëte inspiré par de nouveaux spectacles,
Le choc des passions, la guerre, ses miracles,
Arraché tout-à-coup à son lâche repos,
Plein de grands souvenirs, retourne à ses travaux ;
Et le cœur échauffé d'une céleste flamme,

Laisse couler les vers qui surchargent son ame.

Mais nul ne peut du Pinde atteindre les hauteurs,
Si, dès ses jeunes ans recherchant vos faveurs,
Il n'a point approché de vos claires fontaines,
Si votre feu sacré n'échauffe pas ses veines,
S'il n'a point bégayé vos chants harmonieux,
Si vos secrets divins n'ont dessillé ses yeux.
Et dans ces tristes jours qui suivent tant de crimes,
Qui sait s'il n'en est pas d'innocentes victimes
Qui, regrettant nos chants et nos doctes leçons,
Pleurent et le Parnasse et ses riants vallons ?
Combien n'en voit-on pas que poursuit la misere,
Qui sans cesse occupés d'un travail mercenaire,
Sous un sort rigoureux obligés de fléchir,
Faute d'un peu de temps, d'un moment de loisir,
Ont vu perdre sans fruit les sublimes pensées
Qui se pressoient en vain dans leurs ames glacées ?
Combien d'autres, honteux de leur obscurité,
D'un oubli méprisant qu'ils n'ont point mérité,

Dans la paix de l'étude élevés en silence,
De la gloire éprouvant la noble impatience,
Qui pour prendre l'essor n'attendent aujourd'hui
Qu'une puissante main qui leur prête un appui?

Ah! ne perds point l'espoir! chante, jeune poëte:
Des Français étonnés sois l'heureux interprete;
Un héros a changé leurs destins ennemis.
Déja sont relevés les temples de Thémis,
Et les autels des Dieux, et ces nobles asiles
Prodiguant au malheur des remedes utiles,
Et ces lices d'étude où, hâtant ses progrès,
On révele à l'enfant nos sublimes secrets:
Cet homme peut t'entendre, il te sera propice:
Son regne s'est ouvert sous un heureux auspice,
Son siecle égalera les siecles illustrés
Les plus beaux qu'on ait vus de mes feux éclairés.

Auguste, et ce Louis dont le regne durable
A marqué de son nom un siecle mémorable,

A peine étoient sortis de ces temps orageux
Où les peuples, formant des desseins dangereux,
Au milieu des périls élevés sans les craindre,
Ne connoissent plus rien qu'ils ne sachent enfreindre;
De ces temps où les jours malheureux, fortunés,
Selon l'évènement, l'un à l'autre enchaînés,
En froissant tous les cœurs étendent les idées;
Où de mille projets les ames possédées,
Et du beau nom de gloire ornant leurs passions,
Savent exécuter de grandes actions:
Voilà dans quel état ils trouverent le monde!
L'empire chanceloit sur sa base profonde;
Tout homme est un soldat, tout chef est un héros.
A tant de mouvement succede le repos:
L'orgueil, le fol espoir, les entreprises vaines,
Entre les mains d'un seul ont vu passer les rênes
Qui devoient, contenant une inquiete ardeur,
Animer à-la-fois une utile chaleur.
Le fonds qui produisit des héros dans la guerre
Fit naître, quand la paix eut consolé la terre,

Plus d'un vaste génie amoureux des beaux arts :
Les esprits faits encore aux périlleux hasards
Les chercherent bientôt aux abords du Parnasse;
A l'émulation la révolte fit place,
Le génie admiré fut seul indépendant,
Et chacun, entraîné par un noble ascendant,
Renonçant au pouvoir arraché par les armes,
Aima mieux, des beaux arts employant tous les charmes,
Par d'utiles travaux ou d'immortels écrits,
Et subjuguer les cœurs et gagner les esprits!
Ainsi l'heureux concours d'évènements semblables
Donne au monde surpris les regnes mémorables
D'Auguste, de Louis, et de Napoléon.

Reprenez donc vos chants, Sœurs du sacré Vallon;
Allez encourager vos jeunes interpretes,
Leur prodiguer les fleurs qui couronnent vos têtes;
Mais suivez mes conseils. En vous donnant le jour,
Notre pere commun voulut que tour à tour
Vos voix sussent charmer les ennuis et les peines

Qui des foibles humains alourdissent les chaines:
Vous avèz lâchement trahi sa volonté;
Sachez reconquérir votre divinité.
Par de nouveaux bienfaits marquez votre puissance,
Et, soutenant les droits d'une illustre naissance,
Consolez les mortels par vos accords touchants;
Soyez l'amour des bons et l'effroi des méchants;
Habitez l'Hélicon, fideles Piérides;
Cultivez de ses rocs les sommités arides;
Maintenez de ses eaux le cours désordonné:
J'entends depuis long-temps Pégase abandonné
Frapper d'un pied bruyant les sommets du Parnasse;
Allez, et d'un frein d'or maîtrisez son audace.

Le Dieu dit: et sa voix retentissoit encor,
Que déja vers les cieux il avoit pris l'essor.
Les flots de Castalie étoient purs et tranquilles,
Les lauriers s'agitoient verdoyants et fertiles.
Les Muses reprenant leurs anciens attributs,
Retrouvoient avec eux leurs antiques vertus,

Et formoient de nouveau leurs danses élégantes.
Le chœur pur et sacré de leurs voix éclatantes,
Comme l'encens brûlé sur les autels des Dieux,
S'élevoit dans l'Olympe en sons harmonieux.

FIN.

www.ingramcontent.com/pod-product-compliance
Ingram Content Group UK Ltd.
Pitfield, Milton Keynes, MK11 3LW, UK
UKHW020954220726
13924UKWH00002B/693

9 782019 708832